मेरी पहली

क ख ग

अ

अनार

आ

आम

इ

इमली

ई

ई**ख**

उ

उ**ल्लू**

ऊ

ऊ**न**

ऋ

ऋषि

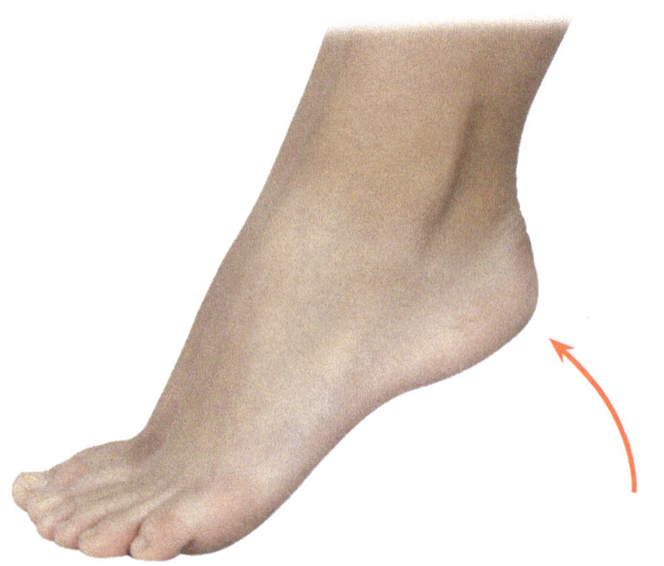

ए

एड़ी

ऐनक

अो
ओखली

औ
औरत

अं
अंगूर

अः

क

कबूतर

ख

खरगोश

ग

गमला

घ घोड़ा

ङ

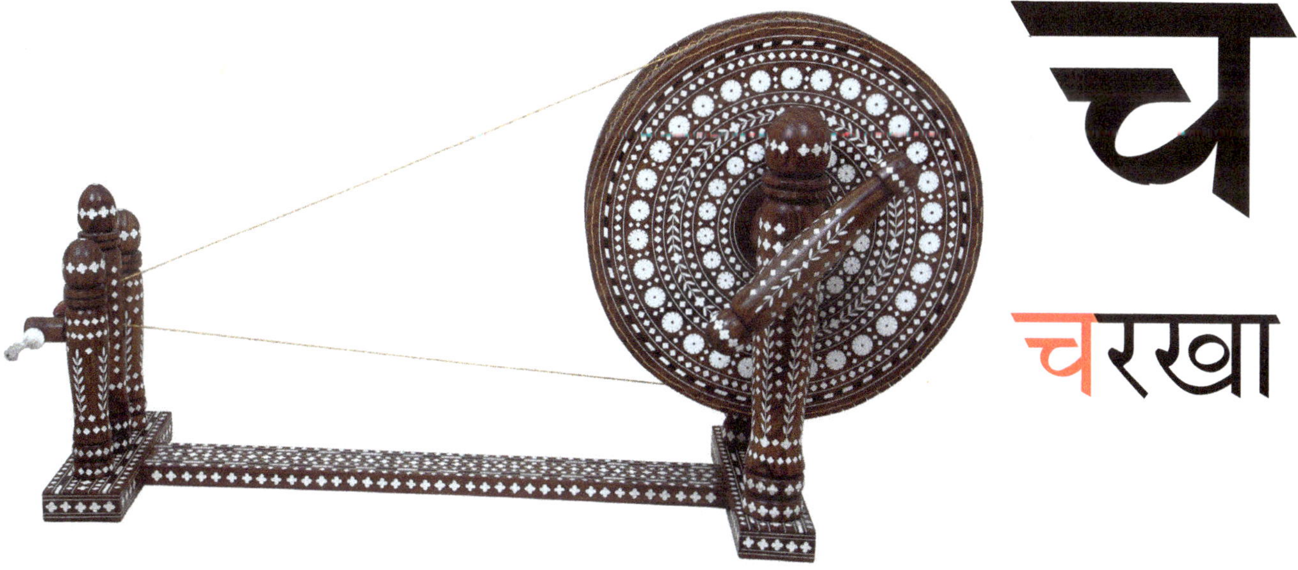

च चरखा

छ
छतरी

ज

जहाज

झ

झंडा

अ

ट

टमाटर

ठ

ठठेरा

ड

डमरू

ढ

ढक्कन

ण

दर्पण

त

तरबूज

थ

थरमस

द

दवात

ध

धनुष

न

नल

प

पतंग

फ

फल

ब

बतख

भ

भालू

म

मछली

य

यज्ञ

र

रथ

ल

लट्टू

व

वक

श

शलगम

ष

षट्‍कोण

स

सपेरा

ह
हाथी

क्ष
क्षत्रिय

त्र
त्रिशूल

ज्ञ

ज्ञानी

श्र

श्रमिक

ड़

भेड़

ढ़

सीढ़ी

स्वर

अ	आ	इ	ई	उ	ऊ	ऋ	ए
ऐ	ओ	औ	अं	अः			

व्यंजन

क	ख	ग	घ	ङ
च	छ	ज	झ	ञ
ट	ठ	ड	ढ	ण
त	थ	द	ध	न
प	फ	ब	भ	म
य	र	ल	व	श
ष	स	ह	क्ष	त्र
ज्ञ	श्र	ड़	ढ़	

COLOURS - रंग

Red - लाल

White - सफेद

Pink - गुलाबी

Black - काला

Yellow - पीला

Purple - बैंगनी

Green - हरा

Blue - नीला

Brown - भूरा

Orange - नारंगी

Grey - सलेटी

SHAPES - आकार

Oval - अंडाकार

Circle - वृत्ताकार

Rectangle - आयताकार

Star - ताराकार

Sphere - गोलाकार

Square - वर्गाकार

Heart - पान-आकृति

Cylinder - बेलनाकार

Cube - घनाकार

Cone - शंक्वाकार